나를 특별하게 만드는
탈무드 지혜

나를 특별하게 만드는
탈무드 지혜

© 김주은, 2023

초판 1쇄 인쇄일 2023년 2월 3일
초판 1쇄 발행일 2023년 2월 10일

엮은이 김주은
펴낸이 김지영 **펴낸곳** 지브레인^{Gbrain}
편 집 김현주 **제작·관리** 김동영 **마케팅** 조명구

출판등록 2001년 7월 3일 제2005-000022호
주소 04021 서울시 마포구 월드컵로7길 88 2층
전화 (02)2648-7224 **팩스** (02)2654-7696

ISBN 978-89-5979-772-1(03800)

나를 특별하게 만드는

탈무드 지혜

김주은 엮음

명화와 함께하는 탈무드

지브레인

　전 세계의 노벨상 수상자의 뿌리를 찾아보면 유대인 출신의 학자들이 가장 많다.

　그런데 유대인의 수는 약 1600만 명으로 추산된다. 약 600만 명은 이스라엘에서 살고 있고 전 세계에 흩어져 살고 있는 유대인이 약 1000만 명이라고 한다. 우리나라의 인구보다 더 적은 수인 것이다.

　그리고 이 적은 수로 유대인들은 전 세계에 막강한 영향력을 갖고 있다.

　그렇다면 그들의 이러한 뛰어난 능력의 원천은 무

엇일까?

바로 탈무드이다.

유대인들은 기독교인들의 구약성서 〈창세기〉 〈출애굽기〉 〈레위기〉 〈민수기〉 〈신명기〉를 토라라고 부르며 이 구약성서와 유대인에게 구전으로 내려오는 율법을 연구한 것이 바로 탈무드이다.

탈무드는 유대인들의 지도자인 랍비에 의해 기록되고 있는 책으로 그들의 유연한 사고방식, 경직되지 않은 판단력을 키우는 그들의 법전이자 역사서이기도 하다. 랍비들은 그들의 율법과 구약성서를 연구하고 토론한 내용을 탈무드에 기록했으며 이와 같은 연구와 토론은 계속될 것이기에 마지막 장은 언제나 백

지이다. 그래서 탈무드는 고대 히브리어로 연구, 학습을 의미한다.

유대인들이 5000여 년 동안 이민족의 박해와 침략 속에서도 그들 고유의 문화를 지켜오고 그들의 정체성을 유지하는 데 가장 중요한 역할을 한 것이 바로 탈무드인 것이다.

탈무드에 담긴 내용은 매우 방대하다. 모두 20권, 1만 2000페이지에 달하는 탈무드는 구약성서 연구와 그들에게 전해져 내려오는 율법뿐만 아니라 분쟁, 교육, 육아, 의학, 일상생활 속 규범, 남녀의 연애, 부부의 결혼과 이혼 등이 담겨 있다. 그래서 탈무드는 유대인의 역사서이자 법전이며 전통과 철학, 문학, 유대인의 정신이 담긴 지혜의 보고이자 어려운 상황에서 길을 알려주는 깨달음의 교육서였다.

그래서 탈무드에는 다음과 같은 명언이 있다.

부모가 자녀에게 물고기를 잡아주면 자녀는 하루
를 살지만 물고기를 주는 대신 물고기 잡는 법을
알려주면 평생을 살 수 있다.

이와 같은 탈무드의 교육관은 학자, 교육자에 대한
존경과 그들로부터 배우는 지혜의 중요성을 계속 이
야기하고 있다.

원본 탈무드는 랍비의 토론과 연구, 대화를 담고 있
기 때문에 일반적으로 쉽게 이해하기는 어렵다.

현재 사람들에게 알려진 탈무드의 수많은 이야기들
은 탈무드를 연구하며 탈무드 속에 담긴 지혜와 삶에
대한 조언을 좀 더 재미있고 쉽게 이해할 수 있도록
각색한 것들이다.

현재 《원전에 가장 충실한 오리지널 탈무드》가 번
역되어 소개되고 있으니 탈무드 자체가 궁금한 독자

들은 왜 탈무드가 유대인의 법전이자 역사서이고 교육서이며 가정과 사회생활에 대한 조언과 해결방법을 담고 있는지 확인해볼 수 있을 것이다.

이 책 속의 탈무드는 탈무드의 삶과 인간에 대한 지혜를 쉽게 이해할 수 있도록 소개한 수많은 에피소드들 중에서 현대인에게 위로와 웃음 그리고 삶에 도움이 될 만한 이야기들을 선별했다.

에피소드에 어울리는 전 세계의 명화들도 같이 소개하고 있으니 명화를 보는 즐거움도 함께 하길 바란다.

탈무드 토론(Eine Streitfrage aus dem Talmud)
카를 슐라이허(Carl Schleicher, 오스트리아, 1825년~1903년)

contents

chapter
1 ## 사람의 마음을 얻는 지혜

^{chapter}
3 세상을 살아가는 지혜

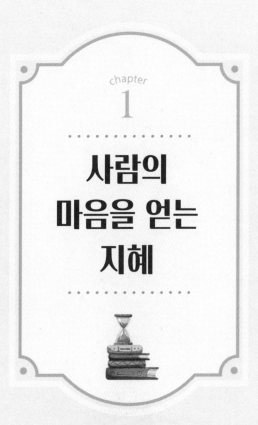

chapter

1

사람의
마음을 얻는
지혜

세 친구

어떤 남자가 왕에게 부름을 받았다.

왜 왕이 자신을 찾는지 알 수 없었던 남자는 혹시 무언가 잘못한 것 때문에 왕이 부르는 것일지도 모른 다는 생각에 겁이 났다.

그래서 그는 친구에게 함께 가줄 것을 부탁하게 되었다.

그에게는 세 명의 친구가 있었다.

첫 번째 친구는 남자가 정말 아끼는 소중한 친구였다.

두 번째 친구는 사랑하는 친구이기는 하지만 첫 번째 친구만큼 소중한 존재는 아니었다.

세 번째 친구는 크게 아끼거나 소중하게 생각하는 친구가 아니라 그저 친구라는 이름으로 부르는 친구일 뿐이었다.

  그런데 첫 번째 친구는 남자의 부탁에 그 자리에서
거절했다.

  "난 같이 가줄 수 없어."

  정말 친하다고 생각했던 친구가 이유도 말하지 않
고 일언지하에 거절하자 실망하며 두 번째 친구에게
찾아갔다.

  "자네를 위해 궁궐 앞까지는 같이 가줄 수 있지만
그 이상은 함께 갈 수 없다네."

  두 번째 친구의 말에 왕이 어떤 벌을 내릴지 몰라
겁을 먹고 있던 남자는 세 번째 친구를 찾아갈 수밖
에 없었다.

  그런데 세 번째 친구는 같이 왕에게 가서 그가 오해
받고 있다면 죄가 없음을 증언하겠다고 했다.

  첫 번째 친구는 재산이다.

두 번째 친구는 친척이다.

세 번째 친구는 남자가 베풀었던 선행이다.

친구들과의 자화상(Self-Portrait with Friends, 1834년)
카를 엥겔(Carl Engel, 독일, 1817년~1870년)

두 번의 거짓말

탈무드에서는 단 두 가지 경우에는 거짓말을 허용하고 있다.

첫 번째는 이미 산 물건에 대해 의견을 물어왔을 때이다.

이때는 좋은 물건이 아니거나 마음에 안 들어도 좋다고 거짓말을 해도 된다.

두 번째는 결혼한 친구의 신부가 미인이 아니어도 부인이 정말 미인이니 행복하게 살라는 덕담을 전해야 하는 것이다.

웨딩 파티(The Wedding Party, 1905년경)

앙리 루소(Henri Rousseau, 프랑스, 1844년~1910년)

유대인의 가르침

유대인은 아이들에게 히브리어의 알파벳을 가르칠 때에는 글자 하나하나마다 담긴 의미를 가르친다.

진실을 뜻하는 히브리어 에메트[aemet]는 히브리어의 첫 번째 알파벳 문자인 a와 끝 문자인 t 그리고 한 가운데 문자인 m으로 이루어져 있다.

이는 진실이란 오른쪽 것도 올바르고 왼쪽 것도 올바르며 가운데 것 또한 올바르다는 유대인들의 가르침을 담은 글자이다.

유대인은 오랜 역사 속에서 아이들에게 이런 가르침을 유지해온 것이다.

성모 교육(The Education of the Virgin)
루카 조르다노(Luca Giordano, 이탈리아, 1634년~1705년)

삶과 죽음

사람은 손을 움켜쥐고 태어난다.

그리고 죽을 때는 손을 펴고 죽는다.

왜 그럴까?

태어날 때는 세상의 모든 것을 움켜잡으려고 하기 때문이고, 죽을 때는 모든 것을 남긴 채 빈손으로 떠나게 되기 때문이다.

세례, 견진성사, 고해성사
(Baptism, Confirmation and Confession,
1440년~1445년)
로히르 반 데르 웨이덴(Rogier van der
Weyden, 플랑드르, 1399 또는 1400년
~1464년)

죽음과 삶(Death and Life, 1910년~1915년)
구스타프 클림트(Gustav Klimt, 오스트리아, 1862년~1918년)

두 개의 머리

만약 두 개의 머리를 가진 아기가 태어난다면 아기는 한 사람일까? 두 사람일까?

너무 현실성 없는 이야기이지만 탈무드에서는 여러 가지 가설과 우화를 통해 올바른 사고방식을 가지도록 돕는다.

그렇다면 탈무드는 어떤 답을 제시하고 있을까?

한쪽 머리에 뜨거운 물을 부었을 때 물을 부은 쪽의 머리만 뜨겁다고 하면 이는 두 사람이다.

하지만 양쪽 모두 뜨겁다고 하면 이는 한 사람이다.

추상얼굴(Abstract Head, 1930년)
알렉세이 폰 야블렌스키(Alexej von Jawlensky, 러시아,
1864년~1941년)

유대인의 자백

유대인의 법은 자기 자신에게 불리한 증언을 하면 무효가 된다.

그들은 오랜 경험 속에서 자백이란 고문을 통해 나오는 경우가 많다는 것을 알기 때문이다. 따라서 이스라엘의 법에서는 자백을 인정하지 않는다.

아버지의 죽음에 대한 배심원 판결

(Scene of Judgement, from a cassone panel, Shooting at Father's Corpse, 1462년경)

마르코 조포(Marco Zoppo, 이탈리아, 1433년~1478년)

사람의 마음을 얻는 지혜

말은 적게 하고
행동은 많이 하며
환한 얼굴로 모든 사람을 대하라.

진주 귀걸이를 한 소녀(Girl with a Pearl Earring, 1665년경)

요하네스 페르메이르(Johannes Vermeer, 네덜란드, 1632년~1675년)

침묵

현자들에게 둘러싸여 성장한 유대인(시므온)은 다음과 같이 말했다.

말이 아니라 행동이 중요하며

너무 많은 말을 하게 되면 죄를 짓게 된다.

나 자신을 위한 것 중에 침묵보다 더 좋은 것은 없다.

침묵의 그리스도
(Le Christ du silence, 1890년~1907년)
오딜롱 르동(Odilon Redon, 프랑스, 1840년~1916년)

공주와 술항아리

매우 현명하고 영리하지만 못생긴 외모를 가진 랍비가 있었다.

이 랍비의 명성을 들은 한 나라의 공주가 현명하고 영리한 랍비를 만나고 싶어 그를 왕궁으로 초대했다.

하지만 명성이 높은 랍비의 외모가 늙고 못생긴 것을 보자 무척 실망스러워 비웃으며 말했다.

"너무 안타깝군요! 현명함과 훌륭한 지식이 이렇게 보잘 것 없는 그릇에 담겨 있다니요."

그러자 랍비는 당황하지 않고 공주에게 질문을 했다.

"공주님! 왕궁에는 아주 맛있는 술이 있지요?"

공주는 랍비의 질문에 답했다.

"당연히 있지요."

"어디에 담겨 있나요?"

공주는 랍비의 질문이 이상했지만 자랑하듯 대답했다.

"그야 당연히 질그릇 항아리에 담겨 지하실에 보관하지요."

그 말을 들은 랍비는 놀란 듯 공주에게 물었다.

"아니 이 훌륭하고 멋진 왕궁에는 금과 은으로 된 항아리가 많을 텐데 그렇게 하찮은 질그릇에 담아 어두운 지하실에 보관하다니요. 왜 멋진 금과 은 항아리에 담아서 아름다운 정원의 햇빛 잘 드는 곳에 두지 않으십니까?"

이 말을 들은 공주는 랍비의 말이 맞다고 생각했다. 그래서 왕궁에 있는 모든 질그릇 항아리에 담긴 술을 금과 은 항아리에 옮겨 햇빛이 잘 드는 궁전 정원에 갖다 놓게 했다.

며칠이 지나 궁중만찬회가 열렸다. 공주는 금과 은

항아리에 보관해둔 술을 손님들에게 대접했다.

그런데 술을 마신 왕이 얼굴을 찌푸리며 공주에게 호통쳤다.

"도대체 술맛이 왜 이렇게 변한 것이냐?"

공주는 너무나 당황한 나머지 말을 잇지 못했다.

공주는 자신에게 질그릇에 들어 있는 술을 금과 은 항아리에 옮기라고 조언해준 랍비를 다시 불렀다.

"당신의 조언대로 금 항아리와 은 항아리에 술을 옮겨 담았는데 술맛이 변했습니다. 그래서 왕인 아버지에게 꾸짖음을 들었어요. 현명하다는 당신의 말을 믿은 나에게 왜 술맛이 바뀌었는지 제대로 대답을 하지 못하면 죽게 될 것입니다."

그 말을 들은 랍비는 빙그레 웃으며 말했다.

"공주님! 때론 아주 못생기고 투박한 그릇에 담겨 있을 때 그 능력을 제대로 발휘할 수 있는 것도 있답니다. 질그릇 항아리에 담긴 술처럼 말이지요."

공주는 그제야 못생긴 랍비를 비웃었던 일이 생각

났다. 그리고 랍비의 가르침에 자신의 잘못을 반성
했다.

와인 감정가(The Wine Connoisseurs, 1640년~1642년)
야콥 뒤크(Jacob Duck, 네덜란드, 1600년경~1667년경)

유대인이 갖춰야 할 12가지 성품

랍비의 초상(Portrait Of A Rabbi)
이시도르 카우프만(Isidor Kaufmann,
헝가리, 1853년~1921년)

공주님의 결혼

어느 마을에 삼형제가 살고 있었다.

이 삼형제는 각자 세상에 단 하나뿐인 신기한 보물을 가지고 있었다.

첫째 아들에게는 세상 어디든 볼 수 있는 망원경이 있었다.

둘째 아들에게는 세상 어디든 날아갈 수 있는 양탄자가 있었다.

셋째 아들에게는 어떤 병도 고칠 수 있는 사과가 있었다.

어느 날 첫째 아들이 망원경으로 어느 나라에 걸린 공고를 보게 되었다.

공고에는 병에 걸려 위독한 공주의 생명을 구하는 사람은 공주와 결혼할 수 있다고 되어 있었다.

첫째는 이 소식을 동생들에게 알렸다.

"그 나라까지 내 양탄자를 타고 가서 공주를 살립시
다."

둘째의 말에 셋째가 사과를 챙겨서 형들과 함께 양
탄자에 올라탔다.

삼형제는 무사히 그 나라에 도착해 공주에게 사과
를 먹여 살릴 수 있었다.

공주가 씻은 듯이 낫자 삼형제는 왕의 앞에 서게 되
었다.

"그대들 덕분에 공주가 병이 나았구나. 그러니 그대
들이 서로 의논해서 누가 공주와 결혼할지 정하도록
하여라."

왕의 말에 세 형제는 자신의 신기한 보물 덕분이라
고 주장했다.

"세상 어디든 볼 수 있는 망원경으로 공주님이 아프
신 것을 알았으니 내 망원경 덕이야."

"그렇지만 늦지 않고 여기까지 와서 공주님을 구할 수 있었던 것은 어디든 갈 수 있는 내 양탄자 덕분이야."

"하지만 어떤 병이든 낫게 하는 내 사과를 공주님께서 드셔서 나을 수 있었어."

삼형제의 말을 듣고 있던 공주님이 질문했다.

"어디든 볼 수 있는 망원경을 여전히 가지고 계신가요?"

"네. 그 망원경으로 지금도 세상 어디든 볼 수 있답니다."

"어디든 갈 수 있는 양탄자도 여전히 남아 있나요?"

"네. 공주님께서 원하신다면 그 양탄자를 타고 어디든 갈 수 있습니다."

"그럼 어떤 병이든 낫게 하는 사과는요?"

형들의 이야기를 듣고 있던 막내가 힘없는 목소리로 말했다.

"공주님께서 드셔서 지금은 남아 있지 않습니다."

"그렇다면 저는 이분과 결혼하겠습니다. 이분은 저

를 위해 전부를 내어주었기 때문에 아무것도 남지 않
았으니까요."

아콘티우스의 사과를 든 키디페(Cydippe With The
Apple of Acontius, 1645년경~1655년경)
파울루스 보르(Paulus Bor, 네덜란드, 1601년~1669년)

초청받지 않은 자

한 랍비가 중요한 일이 생기자 문제를 해결하기 위해 7명의 랍비들에게 초청장을 보냈다.

그런데 당일 온 랍비는 8명이었다.

초청장을 보낸 랍비가 말했다.

"이곳에 초대받지 않은 분이 계십니다. 그분은 돌아가주시길 바랍니다."

그러자 문제를 해결하기 위해서는 가장 중요한 랍비가 벌떡 일어나 가버렸다.

명망 높은 랍비가 나가버리자 초대장을 보냈던 랍비는 당황했다.

그는 뒤따라 나가서 물어봤다.

"랍비님은 누가 봐도 초청받았음을 알 수 있는 분이십니다. 그런데 왜 가시는 겁니까?"

"누군가 착각하고 온 것 같은데 그 사람이 민망해지 기 전에 제가 대신 나온 것입니다."

랍비와 함께(Beim Rabbi, 19세기)
카를 슐라이허(Carl Schleicher, 오스트리아, 1825년~1903년)

재단사의 기도

어떤 나라에 몇 년 동안 비가 전혀 오지 않는 지독한 가뭄이 들었다.

산과 들이 가뭄으로 말라갔고 동물과 사람들도 마실 물이 없어서 죽어갔다.

모두가 비가 내리기를 기도하던 와중에 한 랍비가 꿈을 꾸었다.

"돌아오는 안식일에 재봉사에게 재단에서 기도를 드리게 하라. 그럼 모두에게 충분한 비가 내릴 것이다."

꿈에서 깨어난 랍비는 신의 사자가 전한 내용을 곰곰이 생각해보았다.

그가 아는 마을의 재봉사는 배움도 짧고 무엇보다도 히브리어를 전혀 모르는 사람이었다.

신에게 드리는 기도는 히브리어로 해야 하는데 그는 히브리어를 모르기 때문에 아예 신에게 기도를 드릴 수 없는 것이다.

랍비는 어떻게 해야 할지 고민하다가 제사장이 아닌 마을 사람 중 히브리어를 아는 사람에게 기도드리게 해도 될 것이라고 생각했다.

그는 아침이 되자 바로 마을로 나가 히브리어를 할 줄 아는 사람을 찾았다.

그런 뒤 안식일이 되자 신에게 드리는 기도를 그에게 하게 했다.

하지만 고대하던 비는 단 한 방울도 오지 않았다. 비구름의 기미도 보이지 않았다.

랍비는 실망했다.

처음 꿈을 꾼 날로부터 일주일이 지났을 때 랍비의 꿈에 또다시 신의 사자가 나타나 같은 이야기를 전했다.

그러나 그 꿈이 터무니없다고 생각한 랍비는 무시

했다.

또 다시 일주일이 지나자 신의 사자가 다시 랍비의 꿈에 나타났다.

랍비는 세 번이나 신의 사자가 같은 이야기를 하자 더 이상 무시할 수가 없었다.

그는 비록 재단사가 히브리어를 할 줄 모르지만 신의 부름에 따라야 한다는 생각에 안식일이 돌아오자 그 재단사를 불러다가 재단에서 기도드리게 했다.

"신이시여, 저는 정말 오랫동안 재단사로 일하면서 단 한 번도 남을 속인 적이 없습니다. 다른 재단사들이 눈금을 속여 옷값을 비싸게 청구해도, 방앗간의 주인이나 기름장수가 저울을 속여도 저는 맹세코 사람들을 속여 비싼 옷값을 청구한 적이 단 한 번도 없습니다. 이렇게 제가 정직하고 올바르게 산 것을 인정하신다면 비를 내려주시옵소서."

재단사의 기도가 끝나자 갑자기 비가 내리기 시작했다.

양복점(Tailor Shop, 1850년경)

프란시스코 피에로(Francisco Fierro, 페루, 1807년~1879년)

유대인의 자녀 교육

1 기회 있을 때마다 민족의 긍지를 심어주라.

2 다른 사람으로부터 받은 피해는 잊지 말라. 그러나 용서하라.

3 노인을 존경하는 마음은 아이들의 문화적 유산이다.

4 '내 것'과 '네 것' 그리고 '우리 것'을 구별시켜라.

5 어떤 일이든 제한된 시간 내에 마치는 습관을 길러주라.

6 자녀들의 잘못은 매로 다스려라.

7 협박은 금물이다. 벌을 주든 용서하든지 하라.

8 최고의 벌은 침묵이다.

9 자녀를 꾸짖을 때는 기준이 분명해야 한다.

10 거짓말로 자녀들에게 헛된 꿈을 갖게 하지 말라.

11 돈으로 선물을 대신하지 말라.

12 친절을 통해 아이를 지혜로운 인간으로 키우라.

가족에게 성경을 읽어주는 유대인 랍비(Jewish Rabbi Reading The Bible To His Family, 1816년)

알렉산드르 라우레우스(Alexander Laur us, 핀란드, 1783년~1823년)

- 강한 사람이란
  자기를 억누를 수 있고
  적을 친구로 바꿀 수 있는 사람이다.

- 거짓말쟁이에게 내리는 최대의 벌은
  그가 진실을 말해도 아무도 믿지 않는다는 것이다.

- 극형을 판결하기 전의 판사의 심정은
  자기 목을 메다는 것과 같아야 한다.

- 나는 스승에게서 많은 것을 배웠고,
  친구들에게서 많은 것을 배웠으며,
  나의 제자들에게서도 많은 것을 배웠다.

- 누가 가장 똑똑한 사람일까?

  모든 일에서 무언가를 배울 줄 아는 사람이다.

  누가 가장 강한 사람일까?

  자기 자신을 다스릴 줄 아는 사람이다.

  누가 가장 부자인가?

  자신의 몫에 불만 없이 행복한 사람이다.

- 아이를 꾸짖을 때에는 한 번만 따끔하게 혼내라.

  계속 꾸짖어 잔소리가 되게 해서는 안 된다.

- 당신의 다섯 살 자식은 당신의 주인이고

  당신의 열 살 자식은 당신의 노예이며

  당신의 열다섯 살 자식은 당신과 동등하다.

  동등한 당신의 자식에 대한 교육법에 따라

  당신의 자식은 벗이 될 수도 있고

  적이 될 수도 있다.

바게페테르센 가족(The Waagepetersen Family, 1830년)
빌헬름 벤츠(Wilhelm Bendz, 덴마크, 1804년~1832년)

- 몸은 마음에 의지하고 마음은 지갑에 의지한다.

- 돈으로 열리지 않는 문은 없다.

- 돈이 소리를 내면 욕이 멈춘다.

- 토라는 빛을 주고 돈은 온기를 준다.

- 돈은 어떤 더러움도 씻어주는 비누다.

- 사람을 상처 입히는 세 가지가 있다.
  번민과 말다툼 그리고 텅 빈 지갑.
  그중 사람을 가장 크게 상처 입히는 것은
  텅 빈 지갑이다.

- 집안에 돈이 있으면 평화도 함께 한다.

- 인간과 동물의 다른 점은 돈 걱정을 인간만 한다는 것이다.

- 랍비의 무료 강의보다 누군가 10달러씩 주는 강의가 더 인기가 많다.

- 좋은 수입보다 더 좋은 약은 없다.

- 돈은 어떤 문제도 열 수 있는 만능열쇠다.

- 아무리 훌륭한 의사도 가난은 못 고친다.

- 돈은 악이 아니다. 저주도 아니다.
  돈은 당신을 축복하는 것이다.

회계관리원과 그의 재무 보증인(Un tr sorier municipal et son garant financier, 1549년)

마리우스 반 레이메르발(Marinus van Reymerswaele, 네덜란드, 1493년경 ~1567년경)

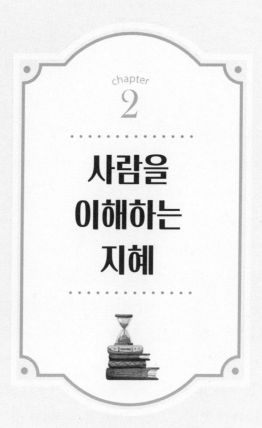

chapter
2

사람을
이해하는
지혜

눈과 귀

스승이 제자에게 물었다.

"사람의 입은 하나인데 귀는 두 개다. 그 이유가 무엇이라고 생각하느냐."

제자가 대답했다.

"두 개의 귀로 말을 하는 것보다 두 배 더 들어야 할 뿐만 아니라 정확하게 들으라는 뜻입니다."

"사람의 눈은 검은 부분과 흰 부분으로 이루어져 있다. 그중에서 검은 부분으로 세상을 보는 이유가 무엇이라고 생각하느냐."

"그것은 세상을 어두운 면에서 보는 것이 좋기 때문입니다. 밝은 면으로 보면 지나치게 낙관적이 될 수 있어 교만해지거나 느슨해지지 않도록 경계하기 위해서입니다."

농가 앞에서 대화하는 연인(Couple en conversation devant la ferme)
앙리 마르탱(Henri Martin, 프랑스, 1860년~1943년)

행복과 불행

어느 마을에 가난한 농부가 살고 있었다.

어느 날 이 농부가 랍비를 찾아와 하소연했다.

"우리 집은 정말 개미 코딱지만하게 작은데 아이들
은 주렁주렁 많고 제 아내는 세상 다시 없을 악처입
니다. 저는 어떻게 해야 하나요?"

랍비는 잠시 생각에 잠기더니 곧 말했다.

"혹시 자네는 염소를 기르는가?"

"네, 키우고 있습니다."

"그럼 그 염소를 집안에 들여놓고 키우게."

농부는 랍비의 조언을 듣고 집으로 돌아갔다.

다음날이 되자 어제보다 더 피곤한 얼굴로 농부가
다시 찾아왔다.

"랍비여, 당신의 충고대로 염소를 집 안에 들였더니 더 견딜 수가 없습니다. 아이들은 싸우거나 뛰어다니고 쉴새없이 바가지를 긁는 악처에 이제는 염소까지 있으니 정말 더 이상은 못 참겠습니다!"

랍비는 이번에도 잠시 생각에 잠기더니 곧 말했다.

"혹시 닭도 키우고 있는가?"

"네, 닭들도 키우고 있습니다."

"그럼 그 닭들도 집 안에서 키우게."

"그럼 모든 문제가 해결될까요? 랍비여 당신의 말대로 하겠습니다."

또 하루가 지나자 이번에도 농부가 찾아왔다.

농부의 얼굴은 염소를 집 안에서 돌보기 시작한 날보다 더 절망적이고 우울해 보였다.

"랍비여 개미 코딱지만한 집에 주렁주렁한 아이들과 세상에서 가장 악독한 처에 염소 그리고 이젠 닭들까지…… 오 이런 하나님 맙소사!"

"그렇다면 집으로 돌아가 닭들과 염소를 밖으로 내보내고 내일 다시 오도록 하게나."

이번에도 농부는 랍비의 조언을 듣고 집으로 돌아갔다.

다시 하루가 지나서 랍비를 찾아온 농부의 얼굴은 반짝반짝 빛나고 있었다.

"그래 이제 자네의 삶은 어떠한가."

랍비의 질문에 농부가 대답했다.

"염소와 닭들을 내보내자 집이 궁전처럼 느껴집니다. 저는 너무 행복합니다."

닭들에게 먹이주기(Feeding The Chickens, 1885년)

월터 프레드릭 오스본(Walter Frederick Osborne, 아일랜드, 1859년~903년)

자화자찬하는 학자

어떤 유명한 학자가 한 마을로부터 지도자가 되어 달라는 부탁을 받았다.

학자는 흔쾌히 응한 뒤 약속한 날 그 마을로 찾아 갔다.

마을 사람들은 새로운 지도자를 환영하기 위해 모였다.

그런데 마을에 도착하자마자 숙소로 들어간 학자가 약속 시간이 되어도 나오지 않는 것이었다.

마을의 대표는 시간이 다 되어가도 보이지 않는 학자를 부르기 위해 학자의 방으로 들어가 보았다.

그리고 그곳에서 기묘한 모습을 보게 되었다.

학자는 방안을 서성거리며 외치고 있었다.

"그대는 훌륭하다. 그대는 최고의 지성이다. 그대는

천재다. 그대는 세상에 다시 없을 훌륭한 지도자다!"

"학자시여 시간이 되어갑니다. 그런데 당신은 스스로를 칭찬하고 계시는군요."

학자가 대답했다.

"이곳에 모인 사람들은 오늘밤 나에게 최고의 찬사를 보낼 것이오. 그리고 나는 그런 칭찬에 매우 약하다오. 누구든지 자기 자신을 칭찬하는 것은 매우 우스꽝스러운 일이오. 하지만 나는 이곳에 도착해 지금까지 스스로를 칭찬했소. 그 이유는 내가 스스로를 찬양했던 말들과 비슷한 칭찬을 이곳 사람들이 나에게 한다면 난 조금은 겸손하게 처신할 수 있을 것이라고 생각했기 때문이오."

화려한 옷을 입는 이유

어떤 마을에 외국의 학자가 이민을 왔다.

그 학자를 보게 된 청년이 자신의 아버지에게 질문했다.

"아버지, 외국에서 이민 온 학자들은 왜 하나같이 저렇게 화려한 옷을 입는 걸까요?"

아버지가 대답했다.

"그건 그들이 훌륭한 학자가 아니기 때문이란다. 실력이 없으니 화려한 옷으로 사람들에게 기선을 제압하려는 것이지."

그러자 옆에서 듣고 있던 할아버지가 고개를 흔들며 말했다.

"아니란다. 그건 학자들이 원래 살던 고향에서는 평판으로 평가받았지만 다른 나라로 이민을 가면 그곳에서는 의복으로 평가 받는다는 것을 알기 때문이지."

카를 바르부르크 교수(Professor Karl Warburg, 1905년)
리카르드 베르그(Richard Bergh, 스웨덴, 1858년~1919년)

문을 잠그는 이유

어머니가 아무리 가까운 곳이어도 외출할 때는 꼭 자물쇠로 잠그는 이유가 궁금했던 아들이 말했다.

"어머니가 언제나 문을 잠그는 이유는 나쁜 사람이 들까 걱정이 되어서인 거죠?"

아들의 말에 어머니가 웃으며 대답했다.

"아니란다. 이건 정직한 사람을 위해서란다. 아무리 정직한 사람이라고 해도 혹시 모를 일말의 유혹에 흔들리지 않도록 문을 잠그는 것이란다."

문을 두드리는 비들(Beadle knocking at the door, 1883년)
줄리안 팔라트(Julian Falat, 폴란드, 1853년~1929년)

포도와 여우

　배고픈 여우가 탐스럽게 익은 포도가 주렁주렁한 포도밭을 발견했다.

　여우는 포도가 먹고 싶어 포도밭에 들어갈 수 있는 방법을 찾아보았지만 어디에도 길은 없었다.

　무슨 일이 있어도 포도가 먹고 싶었던 여우는 며칠을 굶어 살을 뺀 뒤 울타리 사이를 지나 포도밭에 들어갈 수 있었다.

　너무 배가 고팠던 여우는 실컷 포도를 먹고 행복해졌다.

　오래 굶으며 기다렸던 만큼 포도는 너무 맛있었다.

　이제 더 이상 먹을 수 없다고 느껴질 정도로 배부르게 먹은 여우는 다시 포도밭을 빠져나가려고 했다.

　하지만 실컷 포도를 먹어 살이 찐 여우는 울타리를

빠져나갈 수 없었다.

결국 다시 며칠을 굶어 살을 뺀 후에야 여우는 울타리를 겨우 빠져 나왔다.

굶주린 배를 움켜지고 포도밭에서 멀어지며 여우는 중얼거렸다.

"들어갈 때나 나갈 때나 배고픈 것은 마찬가지구나."

식사 후(After the meal, 1846년~1879년)
버나드 테 겜트(Bernard te Gempt, 네덜란드, 1826년~1879년)

착한 부부의 이혼

어느 마을에 매우 착한 부부가 살고 있었다.

그런데 이 부부가 이혼을 하게 되었다.

이혼을 한 후 남편은 매우 악한 여자를 만나 재혼을 하게 되었다.

재혼 후 착한 남편은 새로운 부인만큼 악한 남자가 되었다.

전남편보다 뒤에 착한 아내도 재혼하게 되었다.

착한 아내가 재혼한 남자는 매우 악한 사람이었다.

그리고 그 악한 남자는 착한 아내처럼 좋은 사람이 되었다.

5번째 시청 명예 계단의 세부 묘사 초벌화 : 룩셈부르크 연못을 따라 걷고 있는 연인(Esquisse de détail pour l'escalier d'Honneur de la mairie du 5ème : un couple marchant le long du bassin du Luxembourg, 1932년~1935년)
앙리 마르탱(Henri Martin, 프랑스, 1860년~1943년)

왕의 정의로운 판결

어떤 왕이 국민성이 우수하다고 소문난 나라에 가게 되었다.

왕은 그 나라에서 가장 현명하다는 재판관과 함께 이곳저곳 살펴보고 있었다.

그때 두 남자가 재판관을 찾아왔다.

한 남자는 쓰던 가구를 팔았고 다른 남자는 그 가구를 산 사람이었다.

이들이 재판관을 찾아온 이유는 다음과 같았다.

가구를 산 사람이 살펴보니 가구에서 많은 돈이 나와 가구를 판 사람에게 돌려주려고 했다. 그런데 가구를 판 사람은 이미 판 가구에서 나온 것이니 자신의 돈이 아니라고 받지 않으려고 해 서로 옥신각신하다가 현명한 재판관에게 판결을 부탁하러 온 것이었다.

이들의 말을 듣던 재판관은 다음과 같은 판결을 내렸다.

"두 사람에게는 아들과 딸이 있소. 이 둘을 결혼시킨 후 결혼한 부부에게 그 돈을 혼례품으로 주시오."

두 사람이 돌아가자 재판관은 이 사건을 지켜보고 있던 왕에게 질문했다.

"폐하는 이런 일이 생기면 어떻게 판결을 내리시겠습니까?"

왕이 답했다.

"나라면 두 사람을 죽이고 그 돈을 내가 갖겠소. 이게 바로 나의 정의요."

성모 마리아를 기리기 위해 교회를 건축한 실레지아의 왕(The King of Silesia has a Church Built in Honour of Mary, 1590년) 마르텐 데 보스(Maerten De Vos, 네덜란드, 1532년~1603년)

아버지의 유언

큰 부자 유대인이 아들을 멀리 유학을 보냈다. 그런데 아들이 공부를 모두 마치기 전에 그만 중병에 걸리게 되었다. 아들이 돌아오기 전에 자신이 죽을 것을 직감한 아버지는 아들에게 유언장을 남겼다.

내가 가진 모든 재산은 노예에게 물려준다. 그리고 내 아들은 내가 가진 재산 중에서 단 한 가지만 그가 원하는 것으로 가질 수 있다.

결국 아버지는 사망했고 노예는 아버지가 남긴 유언장 내용에 뛸 듯이 기뻐하며 아들에게 달려갔다.
아버지의 사망 소식을 들은 아들은 곧바로 고향으로 돌아와 아버지의 장례를 치렀다.

장례가 끝나자 아들은 유언장에 담긴 내용에 당혹스러워하며 어떻게 해결해야 할지 고민하다가 랍비를 찾아갔다. 그는 랍비에게 유언장의 내용을 말했다.

"저는 언제나 아버지에게 순종하며 좋은 아들로 살았습니다. 그런데 아버지는 저에게 재산을 물려주지 않고 노예에게 모든 재산을 주었습니다. 아버지가 왜 그러셨는지 이해할 수가 없습니다."

아들의 말에 랍비가 대답했다.

"당신의 아버지는 정말 현명한 분이십니다. 유언장에는 당신의 아버지가 당신을 얼마나 사랑하는지 잘 나타나 있습니다."

"노예에게 모든 재산을 상속한다는 이 유언장에서 아버지가 절 사랑한다는 것을 알 수 있다고요? 전 정말 이해할 수 없습니다. 아버지가 절 사랑한다면 아버지는 유언장에 모든 재산을 저에게 물려준다고 남겼을 것입니다."

아들의 항의 섞인 하소연에 랍비가 웃으며 말했다.

"당신은 아버지의 현명함을 전혀 이해하지 못하는군요. 만약 아버지가 당신에게 모든 재산을 물려준다고 유언장을 남겼다면 어떤 일이 벌어졌을까요? 하인은 당신에게 아버지의 죽음을 알리지 않았을 수도 있습니다. 아버지의 모든 재산을 흥청망청 써버리거나 그걸 가지고 도망갈 수도 있습니다. 아버지는 이 점을 걱정하신 것입니다. 그래서 아버지는 노예에게 모든 재산을 물려주는 대신 당신이 원하는 단 한 가지는 당신이 가질 수 있다고 남긴 것이죠. 그리고 아버지의 생각대로 노예는 유언장의 내용에 기뻐하며 당신에게 달려갔습니다."

"그렇다면 저는 무엇을 가져야 하나요?"

"당신의 아버지가 재산 중 한 가지를 당신이 선택할 수 있다고 했으니 당신은 무엇을 선택해야 할까요?"

"역시 전 모르겠습니다. 아버지는 제가 무엇을 선택하기를 바란 걸까요?"

"노예의 재산은 모두 주인의 것이죠. 그렇다면 아버

지가 선택하길 바란 한 가지는 무엇일까요? 현명하고 지혜로운 아버지는 당신이 노예를 선택하길 바라면서 유언장을 남긴 것입니다."

랍비의 말에 아버지의 뜻을 이해한 아들은 가벼운 마음으로 집으로 돌아가 노예를 갖겠다고 말했다.

마지막 기적과 성 제노비우스의 죽음
(Last Miracle And The Death Of St. Zenobius, 1500년경)
산드로 보티첼리(Sandro Botticelli, 이탈리아, 1444년~1510년)

죽음의 침대의 노인
(Alter Mann auf dem Totenbett,
1899년~1900년)
구스타프 클림트(Gustav Klimt,
오스트리아, 1862년~1918년)

로마 장군의 꿈

어느 날 로마의 장군이 랍비를 찾아와 말했다.

"랍비는 매우 현명하다고 들었소. 그러니 오늘 밤 내가 꿀 꿈을 알려주시오."

랍비는 대답했다.

"오늘밤 장군님은 페르시아군이 로마군을 기습하여 로마군을 이기고 로마인을 노예 삼으며 로마를 지배하고 로마인들이 가장 싫어하는 일을 시키는 꿈을 꾸게 될 것입니다."

당시 로마군의 적이었던 페르시아군에게 져서 로마 전체가 노예가 된다는 이야기를 들은 로마의 장군은 불쾌해하며 돌아갔다.

그런데 다음날이 되자 로마의 장군이 다시 랍비를

찾아왔다.

"어젯밤 나는 당신의 말대로 페르시아군이 로마군을 쳐부수고 로마를 지배하며 로마인들에게 싫은 일을 시키는 꿈을 꾸었소. 대체 어떻게 내가 꿀 꿈을 알 수 있었던 것이오."

로마의 장군은 랍비에게 암시에 걸렸던 것을 몰랐던 것이다.

로마 영웅의 승리, 아마도 마르쿠스 클라우디우스 마르켈루스
(The Triumph Of A Roman Hero, Possibly Marcus Claudius Marcellus, 1816년)
빈센초 카무치니(Vincenzo Camuccini, 이탈리아, 1771년~1844년)

선과 악

대홍수를 대비해서 방주를 만들어 동물들을 대피시키던 노아에게 선이 찾아왔다.

선이 방주에 오르려고 하자 노아가 그 앞을 막았다.

"이 배에는 오직 짝이 있는 존재만이 탈 수 있습니다."

방주에 타려면 짝이 있어야만 한다는 노아의 단호한 말에 할 수 없이 선은 이곳저곳 다니며 짝을 찾기 시작했다.

하지만 그의 짝이 되어줄 상대를 쉽게 만날 수가 없었다. 결국 선은 짝으로 악을 선택해 방주로 돌아왔다.

그리고 무사히 방주에 탈 수 있었다.

그때부터 선이 있는 곳에는 악도 함께 하게 되었다.

아라랏 산의 노아의 방주(Noah's ark on the Mount Ararat, 1570년경)
시몬 드 마일(Simon de Myle, 네덜란드, 16세기경)

비를 내리는 기도

아비 힐기야는 랍비들에게 세상에 비가 필요할 때 그가 기도하면 비가 올 것이라는 이야기를 들었다.

그리고 어느 시기가 되자 세상에는 가뭄이 찾아왔다.

랍비들은 아비 힐기야에게 비가 오도록 기도해달라고 요청하기 위해 두 랍비를 그에게 보냈다.

두 랍비가 아비 힐기야의 집에 도착했지만 아비 힐기야는 들에 나가고 없었다.

랍비들이 아비 힐기야에게 찾아가자 아비 힐기야는 들에서 괭이질을 하고 있었다.

그를 발견한 랍비들이 인사를 건넸지만 아비 힐기야는 아무 말도 없이 자신의 일을 할 뿐이었다.

아비 힐기야는 저녁이 되자 나뭇가지를 모아서 한

쪽 어깨에 메고 자신의 옷은 다른 어깨에 맨 뒤에 집으로 돌아왔다.

그는 가시덤불을 지나면서도 맨발이었다. 아비 힐기야는 비가 오지 않으면 언제나 맨발로 다녔다.

아내가 차린 저녁 식탁에 앉은 아비 힐기야는 여전히 랍비들에게는 아는 척을 하지 않고 빵을 쪼개어 첫째 아이에게는 한 쪽을 주고 둘째 아이에게는 두 쪽을 주었다. `

그런 뒤 아내에게 말했다.

"랍비들은 내가 비를 부르는 기도를 하길 바라며 온 것이니 나와 지붕에 올라가 기도를 합시다."

아비 힐기야와 아내가 지붕에 올라가 기도를 하자 먹구름이 아내 쪽으로 몰려오더니 비가 오기 시작했다.

아비 힐기야가 아내와 함께 돌아오자 그를 기다리고 있던 랍비들이 질문했다.

"선생님 우리는 이 비가 당신의 기도 때문에 온 것

임을 잘 압니다. 그런데 궁금한 것이 있습니다. 왜 당신은 우리가 하는 인사에 대답하지 않은 겁니까?"

"나는 낮에는 밭일을 해야 하오. 그것이 나의 하루 일과이기 때문이오."

"당신은 왜 굳이 옷을 벗어 한쪽에는 나뭇가지를 얹고 다른 한쪽에는 그 옷을 올려서 온 것입니까?"

"나는 그 옷을 빌렸는데 그 옷의 역할은 오직 한 가지뿐이기 때문이오."

"당신은 보통은 신발을 신지 않다가 물이 있을 때만 신발을 신는 것은 왜입니까?"

"마른 땅에서는 발 아래에 무엇이 있는지 볼 수 있지만 물에서는 볼 수 없기 때문이오."

"당신은 왜 빵을 쪼개서 나눠줄 때 우리에겐 주지 않은 것입니까?"

"우리는 가난하기 때문에 여유가 많지 않으며 이런 사소한 것으로 당신들이 우리에게 감사하길 원하지 않았기 때문이오."

"왜 당신은 첫째에게 빵을 한 조각 주면서 둘째 아이에게는 두 조각을 주었습니까?"

"한 아이는 하루 종일 집에 있었지만 다른 아이는 공부하기 위해 하루 종일 나가 있었기 때문이오."

"당신은 기도로 비를 부르는 사람인데 왜 기도하자 아내의 머리 위에서 비가 내리기 시작한 겁니까?"

"나는 범죄자들이 죽기를 바라는 기도를 하지만 아내는 가난한 자들에게 먹을 빵을 나누어주고 범죄자들이 회계하기를 기도하기 때문이오."

비(Rain, 1889년)

빈센트 반 고흐(Vincent van Gogh, 네덜란드, 1853년~1890년)

아담의 갈비뼈

로마의 황제가 한 랍비의 집을 방문했다.

황제는 랍비를 놀려주고 싶어져 다음과 같이 말했다.

"하나님은 아담이 잠이 든 사이에 갈비뼈를 훔쳐갔으니 도둑이다."

황제의 말에 랍비가 대답을 망설이는 사이 그 옆에서 두 사람의 대화를 듣고 있던 랍비의 딸이 말했다.

"황제시여, 제가 곤란한 일이 생겼는데 황제의 부하한 사람만 빌려주시겠어요?"

"별로 어려운 일이 아니구나. 그런데 무슨 일 때문이냐?"

"어젯밤 도둑이 들어 금고를 훔쳐가면서 황금 항아리를 놓고 갔습니다. 그래서 그 도둑을 조사하고 싶어서요.”

“아니 금고 대신 황금 항아리를 놓고 갔다니 정말 부러운 일이구나. 나에게도 그런 일이 있었으면 좋겠구나.”

황제의 말에 랍비의 딸이 대답했다.

“그러실 거 같았습니다. 그런데 이건 아담에게도 일어난 일입니다. 하나님은 아담의 몸에서 갈비뼈 하나를 가져가는 대신 여자를 남겨놓았으니까요.”

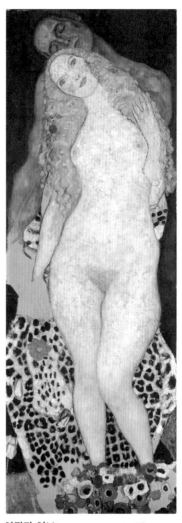

아담과 이브(Adam And Eve, 1916년)
구스타프 클림트(Gustav Klimt, 오스트리아, 1862년~1918년)

유대인의 임종

죽음을 앞둔 유대인이 있었다. 온 가족이 그의 곁에 모여 그의 임종을 지켰다.

죽음을 눈앞에 둔 유대인이 말했다.

"여보, 당신 거기 있소?"

"네, 바로 당신 옆에 있어요."

"아들아, 너도 있니?"

"네 아버지, 저 여기 있습니다."

"그럼 딸은 어디에 있지?"

"아버지, 저도 바로 옆에 있어요."

가족들이 모두 자신의 옆에 있는 것을 확인한 유대인은 힘겹게 마지막 말을 내뱉었다.

"그럼 가게는 누가 보고 있는 거지?"

죽어가는 화가(The Dying Painter, 1880년)

헤르미네 라우코타(Hermine Laukota, 체코, 1853년~1931년)

다윗 왕의 판결

어느 날 다윗 왕은 소년들을 위해 만찬을 열었다. 만찬에 가장 먼저 도착한 소년은 배고픔을 참지 못하고 자신 앞에 놓인 음식을 먼저 먹어버렸다.

모든 아이들이 모여서 만찬을 먹기 시작하자 이미 자신의 음식을 먹어버린 소년은 음식을 좀 더 먹고 싶어 친구에게 빌리기로 했다. 그래서 소년은 자신의 오른쪽에 앉아 있는 친구에게 삶은 달걀 하나를 빌려달라고 부탁했다. 그러자 친구는 달걀을 주며 말했다.

"달걀을 빌려줄게. 대신 이 달걀을 돌려줄 때는 이자를 함께 줘야 해."

소년은 흔쾌히 이자를 더해서 갚겠다고 한 후 친구에게 빌린 달걀을 먹었다.

3년 후 달걀을 빌려줬던 소년이 달걀을 빌린 친구

를 찾아왔다.

"네가 그때 먹은 달걀을 돌려줬으면 해."

소년은 집안으로 들어가 달걀 한 개를 가져와서 친구에게 건네주었다.

그러자 친구가 한숨을 쉬며 말했다.

"분명히 넌 그때 달걀을 빌리면서 이자를 주겠다고 약속했는데 달걀 한 개만 돌려주고 이자는 안 주는구나."

달걀을 빌렸던 소년은 자신이 친구와 했던 약속이 생각나 다시 집 안으로 들어가 달걀 한 개를 가져왔다.

그러자 친구는 버럭 화를 내며 말했다.

"3년이 지났는데 이자로 겨우 한 개를 준다고?"

화를 내는 친구의 모습에 당황한 소년은 물어보았다.

"그럼 난 이자로 몇 개를 주어야 하는데?"

"달걀 1개의 이자로 1000개는 주어야 해!"

"뭐? 고작 달걀 한 개를 빌렸는데 1000개의 이자가 붙었다고?"

"생각해봐. 내가 빌려준 달걀에서 병아리가 태어나고 태어난 병아리가 닭이 되어 다시 알을 낳고 그 알은 다시 병아리가 되고 이렇게 3년이 지났다면 한 개의 달걀에서 충분히 1000개의 달걀이 나올 수 있어. 그러니 넌 나에게 이자로 달걀 1000개를 주어야 해!"

결국 두 소년은 다투다가 다윗 왕을 찾아갔다.

그리고 두 소년의 이야기를 들은 다윗 왕은 고민하게 되었다.

이 모습을 본 솔로몬 왕자가 다윗 왕에게 말했다.

"다윗 왕이시여, 왕은 혹시 삶은 콩에서 싹이 나는 것을 본 적이 있으신가요?"

"말이 되는 소리를 하거라! 어떻게 삶은 콩에서 싹이 난단 말이냐?"

다윗 왕의 말에 솔로몬 왕자는 웃으며 말했다.

"위대한 왕이시여, 삶은 콩에서 싹이 나올 수 없는

것처럼 삶은 달걀에서도 병아리가 나올 수는 없습니다. 따라서 3년 동안 닭이 달걀을 낳고 그 달걀이 부화해 병아리가 되고 닭이 되어 다시 알을 낳는 일은 없습니다. 그러니 1000개의 달걀도 없습니다."

솔로몬 왕자의 말에 다윗 왕은 즉시 삶은 달걀을 빌려준 친구에게 한 개의 달걀만 갚도록 판결을 내렸다.

다윗 왕(King David)
루카 시뇨렐리(Luca Signorelli, 이탈리아, 1450년경~1523년)

가장 강하고 잘난 것

어떤 나라의 왕이 병에 걸렸다. 그 나라에서 가장 실력이 좋은 의사마저 어디가 아픈지 알 수 없는 병이었다.

왕의 불치병은 나을 기미가 보이지 않았다.

결국 다른 나라에서 유명한 의사를 모셔왔다.

의사는 왕을 진료하더니 말했다.

"폐하의 병을 낫게 할 수는 있습니다. 그런데 병을 치료하기 위해서는 꼭 필요한 것이 있습니다."

"그것이 무엇이오. 무엇이든 폐하의 병이 나을 수만 있다면 바로 구해올 것이오."

"위험할 것입니다. 폐하의 병을 치료하기 위해서는 새끼를 낳은 지 얼마 안 된 암사자의 젖이 필요한데 어린 새끼를 키우는 암사자는 그 무엇보다 용맹하고 사납답니다."

곧 나라 곳곳에는 방이 붙었다.

바로 암사자의 젖을 구해오는 자에게 큰 상을 내리
겠다는 내용이었다.

사람들은 왕의 목숨을 구하고 큰 상도 받고 싶었지
만 암사자에게 젖을 가져오기 위해서는 자신의 목숨
을 걸어야 한다는 것을 알기 때문에 아무도 선뜻 나
서지를 못했다.

왕의 목숨은 시간이 갈수록 위태로워졌다.

그때 새끼를 낳은 암사자가 있는 곳을 알고 있던 한
젊은이가 나섰다.

이 용감한 젊은이는 양고기를 가지고 암사자에게
갔다.

그는 암사자에게 양고기를 주면서 한 발 다가갔다
가 바로 뒤로 물러났다. 그리고 그대로 집으로 돌아
갔다.

다음날이 되자 다시 양고기를 들고 암사자를 만나러 간 젊은이는 이번에는 좀 더 가까이에 접근한 뒤 양고기를 주고 다시 집으로 돌아갔다.

이렇게 며칠을 반복하며 점점 암사자에게 가까이 다가갈 수 있었던 젊은이는 결국 암사자의 신뢰를 얻어 암사자의 젖에서 우유를 짜낼 수 있었다.

젊은이는 암사자의 우유를 빨리 왕에게 주어 왕을 살리고 큰 보상을 받을 생각에 기뻐하며 왕궁을 향해 걷기 시작했다.

그때 젊은이의 각 신체부위가 서로 자신의 공에 대해 자랑하기 시작했다.

"사실 암사자를 찾고 암사자와의 거리를 정확하게 확인하면서 친해질 수 있었던 것은 나 눈 때문이야. 그러니 내가 제일 잘났어."

"무슨 소리야. 암사자에게 위험을 무릅쓰고 걸어갔다가 돌아오는 과정을 되풀이했던 것은 나야. 그러니 나 발에게 고마워해야 해."

"뭐? 양고기를 주고 암사자의 젖을 짜낸 것은 나야. 그러니 너희들은 손인 나의 고마움을 알아야 해."

손과 발 그리고 눈의 싸움을 지켜보던 입이 말했다.

"너희는 입이 얼마나 중요한지 모르는구나?"

"어이쿠 아무것도 한 것이 없는 입이 별 소리를 다 하네. 넌 정말 아무짝에도 쓸모없다는 것을 모르는구나?"

입의 말에 손과 발과 눈이 버럭거리며 화를 내거나 비웃자 입은 조용히 입을 다물었다.

젊은이는 드디어 사자의 우유를 가지고 왕의 앞에 서게 되었다.

젊은이가 들고 있던 우유를 건네며 말했다.

"왕이시여, 여기 개의 젖을 가져왔으니 드시옵소서. 이걸 드시면 깨끗하게 병이 나을 것이옵니다."

젊은이의 말에 왕이 격노해 소리쳤다.

"뭐라고? 암사자의 젖이 아니라 개의 젖을 가져와서 대체 뭐라고 지껄이는 거냐. 당장 이 자의 목을 쳐라."

왕의 명령에 손과 발과 눈은 벌벌 떨며 입에게 사과
했다.

"우리 중에서 가장 위대한 것은 입 너야. 그러니 제
발 폐하께 진실을 말해줘."

그러자 입은 재빨리 왕을 향해 말했다.

"왕이시여 이것은 암사자의 젖이옵니다. 제가 실언
을 하였사오니 어서 드시고 쾌차하옵소서."

왕은 젊은이가 가져온 암사자의 젖을 먹고 씻은 듯
이 나았다. 그리고 젊은이는 큰 상을 받았다.

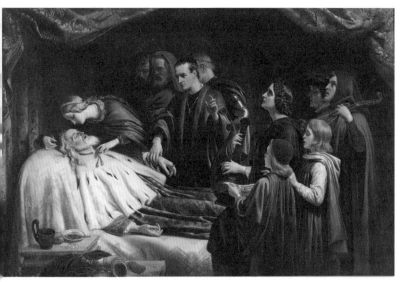

코델리아의 키스에 의한 리어왕의 각성(The Awakening Of King Lear By
The Kiss Of Cordelia, 1850년)

찰스 웨스트 코프(Charles West Cope, 영국, 1811년~1890년)

강함은 상대적이다

세상에는 매우 약하지만 강한 존재를 두렵게 할 수
도 있는 것이 있다.

모기는 사자를 두렵게 한다.

거머리는 물소에게 두려움을 준다.

파리는 전갈에게 위협적인 존재다.

거미는 매에게 두려운 존재다.

사자, 물소, 전갈, 매처럼 아무리 크고 힘이 강한 존
재라도 그들에게 두려움을 주는 존재는 있다.

모기, 거머리, 파리, 거미처럼 작고 힘없는 존재도
세상 강한 존재를 이길 수도 있다.

세상은 돌고 도는 것이다.

인간의 타락과 함께하는 낙원(Paradise with the Fall of Man, 1630년경)
얀 브뢰헬 2세(Jan Brueghel the Younger, 플랑드르, 1601년~1678년)

• 대중 앞에서 남을 창피하게 만드는 것은
  피를 흘리는 것과 같다.

• 그 사람 입장이 되기 전에는
  절대 그 사람을 욕하거나 책망하지 말라.

• 나무는 나무에 열린 열매로 알려지고
  사람은 자신이 행한 일로 평가받는다.

• 남을 헐뜯는 소문은 살인보다 무섭다.
  살인은 한 사람을 죽음으로 몰지만
  소문은 반드시 세 사람 이상을 죽인다.
  첫 번째는 소문을 낸 자기 자신,
  두 번째는 그 소문을 퍼트린 사람,
  세 번째는 그 소문을 듣고 있는 사람
  또는 소문 속 주인공이다.

• 물고기는 언제나 입으로 낚인다.
  사람도 역시 입 때문에 걸린다.

• 당신이 다른 사람에게 저지른 작은 잘못은
  큰 잘못으로 보고
  다른 사람이 당신에게 저지른 큰 잘못은
  작은 잘못으로 보라.

• 부끄러움을 모르는 것과 자부심은 형제이다.

• 불순한 동기에서 생긴 애정은
  그 동기가 사라지면 같이 사라진다.

• 비록 때리지 않았지만 남에게 손가락질했다면
  그 사람은 추악한 사람이다.

- 그 사람을 알고 싶다면 다음 세 가지를 살펴라.
  그 사람의 지갑, 그의 즐거움, 그의 불평.

- 상대에게 처음 속았을 때는 그 사람을 원망하라.
  하지만 같은 상대에게 또 속았다면
  그때는 자기 자신을 탓하라.

- 매우 뛰어난 사람은 두 가지 교육을 받고 있다.
  하나는 선생님으로부터 받는 교육이다.
  다른 하나는 나 자신으로부터 받는 교육이다.

- 아이들에게 무언가를 가르친다는 것은
  백지에 무언가를 그리는 것과 같다.
  노인에게 무언가를 가르친다는 것은
  이미 많은 것이 쓰여 있는 종이의 여백을 찾아
  써 넣는 것과 같다.

- 아이는 엄하게 가르치되
  무서워하게 만들어서는 안 된다.

- 어떤 사람은 젊지만 늙었고
  어떤 사람은 늙었지만 젊다.

- 친구가 없어도 혼자 일을 할
  수 있다고 생각하면 잘못된
  생각이다.
  하지만 친구가 없으면 혼자서
  일을 할 수 없다고 생각하는
  것은 더 큰 잘못된 생각이다.
  그리고 자기가 없으면 친구가
  일을 할 수 없다고 생각하는
  것은 대단히 큰 잘못된 생각
  이다.

학교 문에서(At the School
Door, 1897년)
니콜라이 보그다노프-벨스키
(Nikolai Bogdanov-Belsky, 러
시아, 1868년~1945년)

chapter
3

세상을
살아가는
지혜

랍비 요하난의 미래를 보는 지혜

서기 70년 로마인들은 유대의 예루살렘 성전을 파괴하고 유대인을 멸망시키려고 했다.

당시 유대인들의 존경받는 랍비 요하난^{Yohanan ben Zakkai}은 이와 같은 위협에서 유대인을 지키기 위해 고민하다가 한 가지 꾀를 내게 되었다.

위대한 랍비 요하난이 병에 걸려 위험하다는 소문을 낸 것이다.

그러자 많은 사람들이 요하난에게 병문안을 왔고 얼마 후 요하난이 사망했다는 이야기가 퍼졌다.

당시 예루살렘에는 묘지가 없었기 때문에 요하난의 제자들은 성 밖에 요하난을 매장할 수 있는 허가서를 받아 요하난을 관 속에 넣은 뒤 성문을 빠져 나가려고 했다.

그런데 성문을 지키는 병사들이 요하난이 정말 죽었는지 확인하기 위해 칼로 찌르려고 하자 제자들이 큰 소리로 항의해 무사히 빠져나올 수 있었다.

위험한 상황들을 넘기며 요하난이 도착한 곳은 로마군 사령관이 있는 곳이었다.

로마군 사령관은 위험을 무릅쓰고 찾아온 요하난의 용건이 궁금했다.

"나는 당신이 곧 로마 황제가 될 것을 알기에 당신에게 로마 황제와 같은 경의를 표하오."

"당신은 무엇을 원하기에 위험을 각오하고 여기까지 온 것이오."

"단 한 가지의 부탁이 있소. 랍비 열 명 정도가 들어갈 수 있는 단 한칸만이라도 좋으니 학교를 만들고 그 학교는 절대 파괴하지 말아주시오."

위대한 지성 요하난은 이제 곧 로마군이 예루살렘을 정복하고 모든 것을 파괴할 것을 예상하고 학교를 통해 유대인의 전통을 살리는 방법을 찾아낸 것이다.

그리고 요하난의 판단은 적중해 유대인들은 그 학교를 통해서 유대인의 정신을 지킬 수 있었다.

유대인의 제단에는 금속이 사용되지 않는다. 무기를 만드는 금속 대신 돌로 만든 제단을 통해 신과 인간 사이의 평화와 연결을 선택한 것이다.

책은 청년에게 음식이 되고 노인에게는 오락이 된다.
부자일 때는 지식이 되고 고통스러울 때는 위안이 된다.

키케로

예루살렘 성전 파괴(The Descruction of the Temple of Jerusalem, 1867년)
프란체스코 하예즈(Francesco Hayez, 이탈리아, 1791년~1882년)

판사의 차용증

대법원의 판사가 친구에게 돈을 빌리게 되었다.

친구는 흔쾌히 돈을 빌려주는 대신 조건을 하나 내세웠다.

"차용증서를 쓰고 증인을 세워 서명해주게."

"아니 난 법을 연구하고 지키는 판사인데 자네는 나를 못 믿는 건가?"

"바로 그렇기 때문이네. 자네는 계속 법만 연구하기 때문에 마음에 법이 가득해서 그 외의 것은 잊어버릴 수 있기 때문에 나에게 빌린 돈도 잊어버릴까 걱정이 되네."

법정에서(In The Courtroom)

자카리아스 노터만(Zacharias Notermann, 벨기에, 1820년~1890년)

부자와 가난한 자

한 마을에서 가장 큰 부자와 가장 가난한 사람이 랍비를 찾아왔다.

먼저 부자가 랍비의 방으로 들어갔다.

그로부터 한 시간 후 부자가 랍비의 방에서 나왔다.

이어서 가난한 사람이 들어갔다.

그런데 가난한 사람의 상담은 5분밖에 걸리지 않았다.

가난한 사람은 기분이 언짢아졌다.

"랍비여, 당신은 부자와는 한 시간을 상담했지만 저와는 5분밖에 걸리지 않았습니다. 제가 가난해서인가요? 이것은 공평하지 않습니다."

"오해하지 마세요. 당신은 당신이 가난하다는 것을 매우 잘 알고 있지만 부자는 자신의 마음이 가난하다는 것을 아는데 한 시간이 걸렸답니다."

부자와 가난한 라자루스(The Rich Man And The Poor Lazarus, 1625년)
헨드릭 테르 브루겐(Hendrick Ter Brugghen, 네덜란드, 1588년~1629년)

현자가 되는 방법

어떤 사람이 현자에게 질문을 했다.

"당신은 어떻게 해서 현자가 될 수 있었나요?"

현자가 대답했다.

"별거 없습니다. 식용유보다 등유를 더 많이 썼더니 사람들이 현자라고 부르더군요."

젊은 학자와 그의 스승(A Young Scholar and his Tutor, 1629년~1630년경)
렘브란트 반 레인(Rembrandt van Rijn, 네덜란드, 1606년~1669년)

뱀의 꼬리와 머리

　뱀의 꼬리는 불만이 많았다. 언제나 머리가 가는 대로, 하는 대로 따라가야 하는 것을 이해할 수가 없었다.

　그래서 뱀의 꼬리는 머리에게 따지기 시작했다.

　"너와 나는 평등하게 한 몸인데 왜 나는 일방적으로 네 꽁무니만 따라다녀야 하는 거지? 넌 잘나지도 않았으면서 왜 날 맘대로 끌고 다니는 거야? 나도 몸의 일부분인데 왜 내가 노예처럼 너에게 끌려다녀야 하는지 정말 모르겠어. 이건 너무 불공평해."

　"넌 눈이 없으니 앞을 볼 수가 없고, 귀가 없으니 위험을 분간할 수도 없으며 뇌가 없으니 무언가를 생각하고 결정할 수도 없잖아. 내가 하는 행동과 결정은 우리를 위한 거야. 그러니 넌 노예처럼 끌려다니는 것이 아니고 난 너를 위험으로부터 보호하고 있는 거야."

뱀의 머리가 말하자 꼬리가 비웃음과 함께 계속 비난을 멈추지 않았다.

"넌 언제나 그런 말로 현혹하지만 세상 모든 독재자와 폭군들도 같은 이야기를 해. 그들 역시 제멋대로 행동하면서 백성을 위한다고 하지."

불평을 멈추지 않는 뱀의 꼬리에게 지친 머리가 말했다.

"그래? 그럼 네가 내 일을 해보렴."

자신이 원하는 대로 해보라는 머리의 말에 뱀의 꼬리는 이제 더 이상 끌려다니지 않아도 된다는 생각에 매우 기뻐하며 앞장서서 움직이기 시작했다.

하지만 아무것도 볼 수 없는 꼬리는 곧 강물에 빠져 버렸다.

뱀의 머리는 갖은 노력 끝에 겨우겨우 강물에서 빠져나올 수 있었다.

겨우 살아났지만 뱀의 꼬리는 이번에는 잘 할 수 있다며 고집을 피웠다. 가시덤불 속으로 들어가기 시작했다.

이번에도 뱀의 머리는 한숨과 함께 허락했다.

그러자 뱀의 꼬리는 뱀의 꼬리가 몸을 찌르는 가시덤불에서 빠져나오려고 할수록 상처가 커지자 이번에도 뱀의 머리는 간신히 가시덤불을 헤치고 나올 수 있었다.

구사일생으로 살게 되었지만 뱀의 꼬리는 여전히 반성하는 대신 다시 앞장서서 가더니 불구덩이 속으로 들어갔다.

뒤늦게 꼬리가 가는 길에 불구덩이가 있음을 안 뱀의 머리는 이번에도 빠져나오기 위해 애를 썼지만 결국 온몸이 불에 타버리게 되었다.

산호뱀(Copperhead And Coral Snake, 1929년~1932년)
로버트 브루스 호스폴(Robert Bruce Horsfall, 미국, 1869년~1948년)

좋은 것 나쁜 것

어느날 남편이 아내에게 말했다.

"시장에 가서 정말 좋은 재료를 사다가 무언가를 만들어 먹읍시다."

아내는 남편의 말에 시장에서 혀를 사오더니 맛있는 요리를 만들었다.

다음날이 되자 남편이 다시 아내에게 말했다.

"오늘은 싼 재료를 사다가 요리를 해 먹읍시다."

그러자 아내는 시장에 가서 이번에도 혀를 사왔다.

남편은 아내가 또 다시 혀를 사오자 의아해졌다.

"여보, 당신은 좋은 것을 사오라고 했을 때 혀를 사오더니 값싼 재료를 사오라고 하니 또 혀를 사왔구려."

아내가 대답했다.

"혀는 잘 사용하면 그보다 더 좋은 것이 없고 잘못
사용하면 그보다 더 나쁜 것은 없기 때문이랍니다."

보트 파티에서의 오찬(Luncheon of the Boating Party, 1880년)
피에르오귀스트 르누아르(Pierre-Auguste Renoir, 프랑스, 1841년~1919년)

포도나무와 악마

최초의 인간이 포도나무를 심고 있자 악마가 찾아와 물었다.

"무엇을 심고 있는 거지?"

"굉장한 나무를 심고 있어. 이건 달고 맛있는 열매가 열리는 나무야. 그 열매의 즙을 마시면 매우 행복해져."

"처음 보는 나무인데 그렇다면 그 나무가 잘 자라도록 도와줄 테니 나에게도 그 열매를 나눠줘."

악마는 그렇게 말한 후 양과 사자와 돼지와 원숭이를 데려오더니 그 동물들의 피를 나무의 거름으로 주었다.

이 나무에서 열린 열매로 만든 것이 바로 포도주다.

그래서 사람들이 포도주를 마시면 처음에는 양처럼

순하다가 다음에는 원숭이처럼 춤추고 노래하며 광대가 되었다가 더 마시면 사자처럼 사나워지고 계속해서 마시면 아무 곳에나 토하고 뒹굴게 된다.

포도 채집과 와인 만들기; 노동주기에 따른 9월(Gathering Grapes and Making Wine; September from a cycle of the labours of the months, 1516년~1525년) 한스 베르팅거(Hans Wertinger, 독일, 1465년~1533년)

눈 먼 자의 등불

한 남자가 칠흙처럼 어두운 밤길을 걸어가고 있었다.

그런데 반대편에서 누군가가 등불을 들고 걸어오는 모습이 보였다.

가까이 다가가 보니 앞을 보지 못하는 이가 등불을 들고 오는 중이었다.

남자는 호기심에 앞을 보지 못하는 사람에게 질문했다.

"당신은 아무것도 볼 수가 없으니 등불도 필요 없을 텐데 왜 등불을 들고다니는 것이오."

앞을 보지 못하는 이가 대답했다.

"나는 볼 수 없지만 볼 수 있는 사람들은 이 등불로 인해 내가 걸어가고 있는 것을 알아볼 것이기 때문이오.

점등원(The Lamp Lighter, 1870년대)
윌리엄 P. 채펠(William P. Chappel, 미국, 1801년~1878년)

마음을 움직이는 글

　사람들이 분주하게 지나다니는 길에서 앞을 보지 못하는 이가 '나는 앞을 보지 못합니다'라는 글을 써 앞에 놓고 구걸을 하고 있었다.

　하지만 아무도 이 사람에게 관심을 기울이지 않고 그냥 스쳐 지나갈 뿐이었다.

　그렇게 시간이 흘러갔다. 그런데 지나가던 사람 중 한 명이 갑자기 멈추더니 남자가 써놓은 글을 지우고 무언가를 다시 쓰더니 남자의 앞에 놓아두었다.

　그러자 갑자기 사람들이 걸인에게 돈을 주고 가기 시작했다.

　다시 시간이 흘러 걸인의 앞에 누군가가 섰다. 걸인은 그 사람의 발자국 소리를 듣고 무언가를 다시 썼던 사람임을 눈치챘다.

"당신의 오늘 하루는 어땠나요? 무언가 변한 것이 있나요?"

"당신이 종이에 무언가를 써서 내 앞에 놓은 뒤 많은 사람들이 나에게 돈을 주었어요. 당신은 대체 무엇이라고 쓴 건가요?"

"저는 당신이 쓴 내용에 조금 더 써 넣은 것뿐이에요. 저는 당신의 글에 이 말을 더 넣었답니다.

오늘은 정말 아름답고 화창한 날이에요. 그런데 저는 이 아름다운 날을 볼 수가 없답니다."

모스크 문 앞의 거지(Mendicant At The Mosque Door)

스타니스와프 폰 클레보프스키(Stanisław von Chlebowski, 폴란드, 1835년~1884년)

나무와 철

　세상에 철이 등장하자 세상의 나무들이 두려움에 떨기 시작했다.

　그 모습을 본 하나님이 말씀하셨다.

　"걱정할 것 없도다. 너희 나무들이 철에게 손잡이를 제공하지 않는 한 그 어떤 철도 나무를 벨 수는 없기 때문이다."

헛간 안에서(Inside a Barn, 1891년)
에녹 우드 페리 주니어(Enoch Wood Perry Jr., 미국, 1831년~1915년)

유대인의 결혼

랍비는 다음과 같이 가르친다.

만약 당신이 학자의 딸과 결혼하고 싶다면 당신이 가진 것은 무엇이든지 팔아서라도 이루라.

만약 당신이 학자의 딸과 결혼할 수 없다면 뛰어난 사람의 딸과 결혼하라.

하지만 결코 무지한 자의 딸과는 결혼하지 말라.

만약 당신이 학자의 딸과 결혼할 수 없다면 당신의 딸을 학자와 결혼시키라.

또한 당신의 딸을 무지한 자와 결혼시키지도 말라.

무지한 자와 결혼한 당신의 딸은 사자 앞에 던져진 것과 같다.

스티븐 베킹엄과 메리 콕스의 결혼식(The Wedding of Stephen Beckingham
and Mary Cox, 1729년)
윌리엄 호가스(William Hogarth, 영국, 1697년~1764년)

굴뚝 청소를 하는 두 소년

어떤 청년이 탈무드를 배우기 위해 랍비를 찾아 갔다.

"랍비님! 저는 탈무드를 배우고 싶습니다."

랍비는 청년의 말에 대답했다.

"탈무드는 쉽게 배울 수 있는 책이 아니니 돌아가게나."

하지만 현명한 사람이 되고 싶었던 청년은 그냥 돌아갈 수가 없었다.

청년이 너무 간절한 표정으로 제자로 받아줄 것을 간청하자 랍비는 문제를 하나 풀면 제자로 받아주겠다고 말했다.

"두 소년이 집안의 굴뚝을 청소하게 되었네. 그들이 굴뚝에 들어갔다가 나왔네. 굴뚝에서 나온 두 사람 중 한 사람은 얼굴에 재가 묻어 지저분해졌고 다른 사람은 깨끗했다네. 둘 중 누가 얼굴을 씻었겠는가?"

청년은 잠시 생각하다가 대답했다.

"당연히 얼굴에 재가 묻은 사람이 씻었겠지요."

랍비는 청년의 대답에 고개를 저으며 말했다.

"틀렸네! 정답은 얼굴이 깨끗한 사람이라네."

"네? 더러운 사람이 아니라 깨끗한 사람이 씻었다고요?"

청년이 깜짝 놀라자 랍비는 다음과 같이 대답했다.

"자, 생각해보세. 얼굴에 재가 묻어 더러워진 소년은 굴뚝 밖으로 나와서 전혀 더러워지지 않은 소년의 얼굴을 보았네. 그렇다면 무슨 생각을 할까? 자신도 그렇게 깨끗할 거라고 생각했을 걸세. 하지만 깨끗한 소년은 더러워진 소년의 얼굴을 보았을 테니 반대로 자신의 얼굴이 더럽다고 생각했을 걸세. 그러니 당연히 깨끗한 얼굴의 소년이 세수를 했지."

랍비의 설명을 듣고 청년은 이번 문제는 틀렸지만 다시 한 번 기회를 달라고 졸랐다.

쉽게 포기할 기세가 보이지 않는 청년에게 랍비는 다시 문제를 냈다.

"두 소년이 집안의 굴뚝을 청소하게 되었네. 그들이 굴뚝에 들어갔다가 나왔더니 한 사람은 얼굴에 재가 묻어 지저분해졌고 다른 사람은 깨끗했다네. 둘 중 누가 얼굴을 씻었겠는가?"

굴뚝 전용 청소기(The Patent Chimney Sweep Cleaner, 1840년경) 니콜리노 칼료(Nicolino Calyo, 미국, 1799년~1884년)

청년은 똑같은 질문에 당황했다.

"네? 방금 전 문제랑 똑같은 문제인데요? 그럼 답은 랍비님이 설명해주신 대로 얼굴이 깨끗한 소년이겠군요!"

그러자 랍비가 작은 한숨을 내쉬더니 말했다.

"아니라네. 둘 다 씻지 않았다네. 얼굴이 더러워진

소년은 얼굴이 깨끗한 소년을 보고 자기 얼굴도 깨끗하다고 생각했고 얼굴이 깨끗한 소년은 재가 묻어 더러워진 소년을 보고 자기 얼굴도 저렇게 더럽겠구나 생각했지. 그래서 처음에는 씻으려고 했는데 얼굴이 더러워진 소년이 씻으려고 하지 않으니까 저 사람이 씻지 않는데 굳이 내가 씻을 필요는 없겠구나 생각했지. 그러니 결국 둘 다 세수를 하지 않은 거지."

청년은 같은 질문에 다른 답이 나오자 당황했지만 무슨 일이 있어도 탈무드를 배우고 싶었기 때문에 한 번 더 기회를 달라고 랍비에게 간청했다.

"랍비여, 저는 정말 꼭 탈무드를 배우고 싶습니다. 그러니 마지막으로 한 번 더 기회를 주세요."

랍비는 여전히 포기할 생각이 없어 보이는 청년의 얼굴을 살피다가 이번에도 똑같은 질문을 했다.

"두 소년이 집안의 굴뚝을 청소하기로 했네. 그들이 굴뚝에 들어갔다가 나왔더니 한 사람은 얼굴에 재가 묻어 지저분해졌고 다른 사람은 깨끗했다네. 둘 중 누가 얼굴을 씻었겠는가?"

청년은 이번에도 똑같은 랍비의 질문에 두 번의 답을 떠올리고 새로운 답이 있을까 잠시 생각했지만 그 외의 답은 없다는 생각에 주저 없이 대답했다.

"두 사람 모두 씻지 않았습니다."

그런데 이번에도 랍비는 고개를 저으며 대답했다.

"아니라네! 두 사람 모두 세수를 했다네. 얼굴이 깨끗한 소년은 더러워진 소년의 얼굴을 보고 자신의 얼굴도 더러울 거란 생각에 세수를 했다네. 더러운 얼굴의 소년은 깨끗한 얼굴의 소년이 세수를 하자 저렇게 깨끗한데도 세수를 했다면 나 역시 깨끗한 얼굴이라고 해도 세수해야겠구나 생각하고 따라서 세수를 했다네."

이번에도 같은 질문을 하고 전혀 다른 대답을 하자 청년은 절망했지만 여전히 포기가 안 되었다. 배움에 목마른 청년은 정말 마지막이라며 다시 기회를 줄 것을 간절한 마음으로 부탁했다.

분명 약속을 했음에도 너무 간절하게 애원하는 청년의 모습에 랍비는 이번 문제도 풀지 못하면 이대로 떠날 것을 약속받은 뒤 다시 똑같은 문제를 냈다.

 "두 소년이 집안의 굴뚝을 청소한 뒤 밖으로 나와 서로 얼굴을 보게 되었네. 그런데 한 사람은 얼굴에 재가 묻어 지저분해졌고 다른 사람은 깨끗했다네. 두 사람 중 누가 얼굴을 씻었겠는가?"

 청년은 이제 더 이상 나올 답은 없을 거란 생각에 확신을 가지고 대답했다.

 "두 사람 모두 세수를 했습니다."

 그러자 랍비는 정말 어쩔 수 없다는 듯 고개를 절래절래 흔들며 깊은 한숨과 함께 대답했다.

 "이번에도 자네가 틀렸네! 생각해보게나. 굴뚝 청소를 했는데 얼굴에 재 하나 묻지 않고 깨끗할 수 있다고 생각하는 건가? 두 사람 모두 굴뚝을 청소했는데 한 사람만 깨끗하다는 것은 있을 수가 없는 일이지."

 똑같은 질문에 서로 다른 네 번의 답을 들은 청년은

화가 났다. 그래서 따지듯 물었다.

"랍비여! 저는 철학을 공부한 사람입니다. 그런 저
에게 랍비의 질문과 답은 전혀 논리적으로 들리지 않
습니다. 너무 말이 안 되는 질문과 답이란 것을 랍비
는 아십니까?"

청년의 말에 랍비는 얼굴에 미소를 담고 청년에게
말했다.

"바로 이것이 탈무드라네."

겨울집(아틀리에에서 보기)(Häuser im Winter(Blick aus dem Atelier), 1907년~1908년)
에곤 쉴레(Egon Schiele, 오스트리아, 1890년~1918년)

세상을 사는 지혜

랍비 니타이는 다음과 같이 조언했다.

나쁜 이웃을 피하고
악한 친구를 사귀지 말며
고난에 절망하지 말라.

프렌들리 사행(Freundliches Gewinde (Friendly Meandering), 1933년)
파울 클레(Paul Klee, 독일, 1879년~1940년)

세상의 행복

세상을 결정하는 것은 세 가지다.
바로 정의와 진리와 평화이다.

전쟁과 평화(War And Peace, 1886년)
조르주 앙투안 로슈그 로스(Georges Antoine Rochegrosse, 프랑스, 1859년 ~1938년)

권력에 대한 조언

정부 관료를 조심하라.

그들은 자신의 이익을 위해서만 당신과 친구가 되기 때문이다.

그들은 자신들에게 유리할 때는 당신의 친구인 척 행동하지만

당신이 그들을 필요로 할 때는 당신의 편이 되지 않을 것이다.

노인과 과일나무

한 청년이 길을 가다가 매우 나이가 많아 보이는 노인이 뜰에 과일나무 묘목을 심고 있는 모습을 보게 되었다.

궁금해진 청년이 노인에게 말했다.

"어르신께서는 그 나무가 언제쯤 열매를 맺을 것이라고 생각하시나요?"

청년의 질문에 노인은 웃으며 말했다.

"내가 살아 있는 동안 나는 이 나무의 열매를 먹지 못할지도 모르지만 내 아들이나 손주는 먹게 될 것이오. 나 또한 내 할아버지가 심어둔 과일나무의 과일들을 먹고 자랐다오."

꽃이 핀 사과나무(Apple Tree in Blossom, 1877년)

칼 프레드릭 힐(Carl Fredrik Hill, 스웨덴, 1849년~1911년)

다섯 그룹이 주는 지혜

배가 항해를 하다가 태풍을 만났다.

거센 비바람과 높은 파도로 항로를 잃게 된 배는 어떤 섬에 도착했다.

그곳은 아름답고 먹을 것이 풍부한 섬이었다.

지난 폭풍에 배를 점검하고 고치기 위해 그곳에서 잠시 머물기로 했다.

배에 타고 있던 손님들이 내려서 보니 과일과 꽃들이 가득하고 새들이 아름답게 노래하고 있었다.

손님들은 다섯 그룹으로 나누어졌다.

첫 번째 그룹은 빨리 목적지에 가고 싶어 하는 그룹이었다.

그들은 언제 배가 고쳐질지 모르고 혹시라도 섬에서 놀다가 배를 놓칠 것이 걱정되어 섬에 내리지 않고 배에 남기로 했다.

두 번째 그룹은 잠시 배에서 내려 과일을 먹고 아름다운 섬을 구경한 뒤 곧바로 배로 돌아왔다.

세 번째 그룹은 맛있는 과일과 아름다운 섬 구경에 정신이 팔려 있다가 순풍이 불기 시작하자 허겁지겁 돌아오느라 소지품도 분실하고 첫 번째와 두 번째 그룹에게 좋은 자리도 빼앗겼다.

네 번째 그룹은 순풍이 불어오자 선원들이 닻을 올리는 것을 보았지만 설마 손님인 자신들을 두고 가지는 않을 거라고 믿으며 섬에서 계속 놀았다.

하지만 배가 떠나기 시작하자 그 모습에 놀라 헤엄쳐서 가까스로 배에 올라탈 수 있었다.

그들은 배에 올라타기 위해 너무 급하게 헤엄치면서 여기저기 상처가 생겼고 그 상처는 항해가 끝날 때까지 아물지 않았다.

다섯 번째 그룹은 낙원 같은 섬에 홀려서 배가 떠나는 소리도 듣지 못하고 섬에 머물러 있었다.

그후 그들은 섬의 맹수들에게 잡아먹히거나 독이 있는 열매를 먹는 등 여러 가지 위험을 만나 전멸하고 말았다.

이 배는 인생을 의미한다. 그리고 섬은 쾌락을 상징한다.

첫 번째 그룹은 인생에서 쾌락을 전혀 맛보려고조차 하지 않았다.

두 번째 그룹은 조금의 쾌락을 맛보았지만 목적지를 잃지 않았다. 가장 현명한 그룹이다.

세 번째 그룹은 쾌락에 빠져 고생을 하기는 했지만 목적지를 향해 돌아왔다.

네 번째 그룹은 쾌락에 너무 깊이 빠져 목적지로 돌아온 뒤에도 후유증이 있었다.

그리고 다섯 번째 그룹은 쾌락에 빠져 자신의 인생을 잃어버린 채 비참한 결과를 맞이했다.

왕의 여자 II(Te Arii Vahine ~ La Femme Aux Mangos (II), 1896년)
폴 고갱(Paul Gauguin, 프랑스, 1848년~1903년)

황금으로 산 지혜

가난한 젊은 부부가 있었다.

남자는 가난에서 벗어나기 위해 타지로 일을 가기로 결심했다.

그는 아내에게 돈을 벌어올 때까지 기다려달라고 말한 뒤 혼자 타지로 가서 8년을 열심히 일했다.

그는 밤낮으로 열심히 일했고 그 결과 금화를 한 자루나 모을 수 있었다. 그는 자신을 기다리고 있을 아내를 생각하며 고향을 향해 떠났다.

남편은 며칠 동안 부지런히 걸어 드디어 고향에 도착하기 하루 전날 마을 여관에 묵게 되었다. 아내에게 무언가를 선물하고 싶었던 남편은 그 마을 시장을 돌아다녔지만 마음에 드는 선물을 발견하지 못했다.

아쉬워하며 여관으로 돌아가던 남편은 허름한 좌판

을 깔고 앉아 있는 할머니를 발견했다. 무엇을 파는 것인지 알 수 없는 할머니의 모습에 호기심이 생긴 남편은 물어보았다.

"할머니는 무엇을 팔고 계신 건가요?"

"나는 지혜를 팔고 있답니다."

"지혜요? 그건 좋은 건가요? 그렇다면 그 지혜를 저에게 파십시오."

"지혜를 사고 싶다면 당신이 가진 돈 전부를 저에게 주시오."

남편은 지혜의 값이 너무 비싸 깜짝 놀랐지만 그 지혜가 얼마나 가치가 클까란 생각에 자신이 가지고 있는 금화를 모두 주었다.

"자, 제가 가진 전부를 드렸으니 이제 지혜를 주십시오."

"알겠습니다. 첫 번째로 당신의 목적지로 가는 길이 두 개로 나누어진다면 절대 지름길로 가지 마십시오. 시간이 걸리더래도 안전하고 큰 길을 택해야 합니다.

두 번째는 정말 화가 나고 분한 일이 생겨도 절대 바로 행동하지 말고 하룻밤을 넘기세요. 그리고 아침이 되면 다시 생각하세요. 그럼 어떻게 해야 할지 바른 길이 보일 것입니다."

남편은 여관에 돌아와 할머니가 알려준 지혜를 곰곰이 생각해 보았다.

하지만 생각하고 또 생각해봐도 무슨 말인지 이해할 수가 없었다.

남편은 결국 할머니에게 속았다는 생각이 들어 얼른 그 할머니에게 달려갔다.

하지만 할머니는 그 자리에 없었고 대신 남편의 금화자루가 그대로 있었다.

남편은 금화자루를 가지고 여관으로 돌아왔다.

다음날 날이 밝자 남편은 집을 향해 다시 길을 나섰다.

그리고 집으로 가는 두 가지 길 앞에 서게 되었다.

지름길로 가려던 남편은 갑자기 할머니의 말이 떠올랐다.

그는 잠시 망설이다가 험난한 산을 넘어야 하지만 매우 빠른 지름길 대신 산을 돌아서 가야 하기 때문에 시간이 더 많이 걸리는 길을 선택했다.

결국 하루면 갈 수 있는 길을 이틀이 걸려서야 가게 된 남편은 한밤중이 되어서야 마을에 도착할 수 있었다.

너무 밤이 깊어 어두운 길을 지나 집으로 갈 수 없었던 남편은 마을 여관에서 쉰 뒤 다음날 아침 집에 가기로 결정했다. 그리고 그곳에서 지름길을 선택했던 사람들이 산적을 만나 죽임을 당한 사실을 알게 되었다.

그런데 그 여관에서는 아내가 일을 하고 있었다.

아내는 남편을 보고도 아는 척을 하지 않았다.

여관의 손님들에게는 친절하면서 남편인 자신에게는 아는 척도 하지 않는 아내의 모습에 남편은 화가

났다.

'너무 오래 기다리다가 다른 남자를 만난 것이 틀림없어. 그래서 나를 모르는 척하는 걸 거야.'

남편은 일어나서 아내에게 따지려고 하다가 할머니의 말이 떠올랐다.

그래서 화를 꾹 참고 방으로 들어가 잠을 잤다. 잠에서 깬 그는 집으로 돌아갔다.

그가 문을 열고 들어가자 아내가 달려와 안겼다.

그는 아내의 태도에 어젯밤 일이 궁금해졌다.

"어제 여관에서는 왜 나를 모르는 척했소?"

"아 역시 그 남자가 당신이었군요. 너무 오랫동안 떨어져 있어서 당신과 닮은 사람인지 당신인지 알 수가 없었어요. 그래서 감히 말을 걸지 못했답니다. 당신이 이렇게 무사히 돌아와서 정말 기뻐요."

남편은 아내의 말을 듣고 오해를 푼 뒤 부부는 행복하게 살았다.

어느 마을에 사는 한 할머니(There was an Old Woman Who Lived in a Village, 1909년)
아서 래컴(Arthur Rackham, 영국, 1867년~1939년)

아버지의 유언

한 상인이 죽음을 앞두고 유언장을 작성했다.

그는 17마리의 낙타를 세 명의 아들에게 나누어주기 위해 다음과 같은 유언을 남겼다.

내 낙타의 반은 큰 아들에게 주고 둘째 아들에게는 $\frac{1}{3}$ 을, 막내아들에게는 $\frac{1}{9}$ 을 남긴다.

상인이 사망한 후 세 아들은 고민에 빠졌다. 아버지의 유언대로 나누어 보려고 해도 낙타를 나눌 수 없었기 때문이다.

도저히 방법을 찾지 못한 세 아들은 현명하다고 알려진 랍비에게 찾아갔다.

"랍비님! 어떻게 해야 아버지 말씀대로 낙타를 나눌

수 있을까요?"

랍비는 세 아들의 이야기를 듣더니 한동안 생각에 잠겼다. 그러다 좋은 생각이 났는지 웃으며 말했다.

"제가 낙타를 한 마리 빌려 주겠소."

"낙타를 빌려주신다고요? 저희는 아버지의 낙타를 유언대로 나누어 가지기를 원하지 낙타를 빌릴 생각이 없습니다."

그러자 랍비는 웃으며 대답했다.

"갚지 않아도 됩니다. 낙타가 남으면 그 낙타를 주면 됩니다."

세 아들은 랍비의 말을 이해할 수 없었지만 현명한 랍비의 말을 따르기로 했다.

"제가 낙타 한 마리를 빌려주었으니 이제 낙타는 모두 18마리가 되었습니다. 첫째 아들이 전체의 반을 받기로 했으니 18마리 중 9마리를 데려가면 됩니다."

큰아들은 랍비의 말대로 9마리의 낙타를 가져갔다.

"둘째 아들은 전체의 삼분의 일이니 18마리의 삼분

의 일인 6마리를 가져가면 됩니다."

둘째 아들도 랍비의 말대로 6마리를 가져갔다.

18마리 중 첫째 아들이 9마리, 둘째가 6마리를 가져가자 이제 낙타는 3마리가 남았다.

랍비는 막내아들에게 말했다.

"막내 아드님은 전체의 9분의 1이니 18마리 중 9분의 1인 2마리를 가져가면 됩니다."

랍비의 계산은 아버지의 유언과 정확하게 맞았다. 그래서 막내아들도 2마리를 가져갔다. 그러자 낙타가 한 마리 남게 되었다.

"이제 낙타 한 마리가 남았으니 빌려준 낙타를 돌려받도록 하겠습니다."

랍비의 현명함으로 공평하게 유산을 받게 된 세 아들은 랍비에게 감탄과 고마움을 표하며 돌아갔다.

에우다미다스의 유언(The Testament Of Eudamidas, 1644년~1648년)

니콜라 푸생(Nicolas Poussin, 프랑스, 1594년~1665년)

세 가지 불행

어느 날 랍비 아키바가 나귀와 개를 데리고 여행을 떠났다.

밤이 되자 랍비는 작은 헛간을 발견하고 그곳에서 하룻밤을 묵기로 했다.

아키바는 잠을 자기 전에 등불을 켜고 책을 읽기 시작했다.

그런데 갑자기 바람이 불어 등불이 꺼져버렸다.

아키바는 등불이 꺼져 아쉬웠지만 어쩔 수 없이 잠을 청하게 되었다.

잠을 청하던 사이 여우가 침입해 랍비의 개를 죽여버렸다.

이어서 사자가 나타나 나귀도 잡아가 버렸다.

아침에 일어난 아키바가 그 사실을 알고 자신에게

닥친 불행에 절망하며 마을로 향했다. 그런데 마을에 도착한 아키바는 전날 밤 도적 떼가 마을을 습격하여 사람들을 죽이고 물건을 약탈해간 사실을 알게 되었다.

이 사실을 안 아키바는 만약 전날 밤 바람에 등불이 꺼지지 않았다면 자신도 도적들에게 죽임을 당했을 것이라는 것을 깨달았다.

등불이 꺼지자 어둠을 틈타 여우가 개를 죽였다. 그리고 사자가 나귀를 잡아가지 않았다면 도둑들의 소리를 들은 개가 시끄럽게 짖어대고 개 짖는 소리에 흥분한 나귀가 날뛰었을 것이다. 그럼 자신 또한 도적들에게 발각되었을 것이다.

결국 랍비 아키바가 무서운 상황에서 위기를 넘길 수 있었던 것은 자신이 불행하다고 느낀 이 세 가지의 불행 덕분이었다.

죽은 당나귀를 애도하는 순례자(The Pilgrim Mourning His Dead Ass, 1800년)
벤자민 웨스트(Benjamin West, 미국, 1738년~1820년)

솔로몬 왕의 세 가지 지혜

세상에서 가장 지혜롭고 현명하다는 솔로몬 왕의 명성을 들은 세 형제가 솔로몬 왕을 찾아갔다.

그들은 솔로몬 왕 앞에 나아가 무릎을 꿇고 자신들을 제자로 삼아달라고 간절하게 간청했다.

"나에게서 지혜를 배우고 싶은 것이냐? 그렇다면 때가 되었을 때 내가 지혜를 줄 때까지 나를 섬기겠느냐? 그날이 언제인지는 나도 지금은 알 수가 없기 때문에 얼마나 시간이 걸릴지 모르지만 말이다."

"지혜를 전수해주시기만 한다면 저희는 언제까지나 참고 기다릴 수 있나이다."

솔로몬 왕의 말에 세 형제는 맹세했다.

그로부터 1년이 지났다.

그리고 다시 1년이 지났다.

또 다시 1년이 지났다.

이렇게 3년이 흐르는 동안 솔로몬 왕은 세 형제에게 아무런 지혜도 전수하지 않았다.

또한 언제 지혜를 전수해줄지 여전히 알 수가 없었다.

더 이상 기다릴 수가 없다고 생각한 세 형제가 솔로몬 왕의 앞에 나아갔다.

"위대한 왕이시여, 저희는 지난 3년 동안 왕을 모시며 기다리고 또 기다렸지만 지혜를 알려줄 때를 아직도 모르신다면 이만 고향으로 돌아갈까 하옵니다."

세 형제의 말에 솔로몬 왕은 금화주머니를 각자 하나씩 선물했다.

"오랫동안 나를 모시느라 수고했다. 이 금화주머니에는 각각 100냥씩의 금화가 들어 있으니 지혜 대신 금화를 받았다고 생각하기를 바란다. 하지만 계속해서 지혜를 배우고 싶다면 이 금화는 줄 수 없다."

세 형제는 평생 일하지 않고도 먹고 살 수 있을 정

도로 엄청난 금화를 받자 기뻐하며 고향으로 떠났다.

그런데 막내는 문득 포기하는 것이 아까워졌다.

"형님들 저는 지난 3년 동안 지혜를 배우기 위해 기다린 시간들이 아깝습니다. 그래서 다시 돌아가 금화를 돌려주고 솔로몬 왕께서 지혜를 알려주실 때까지 기다려볼까 합니다."

형들은 동생을 말려봤지만 동생의 생각이 바뀌지 않자 작별을 고하고 고향으로 가는 길을 재촉했다.

막내는 다시 돌아와 솔로몬 왕에게 금화주머니를 돌려주며 말했다.

"위대한 왕이시여 저는 당신으로부터 지혜를 배울 때까지 기다리겠습니다."

"이제 너에게 지혜를 가르쳐줄 때가 되었구나. 나는 세 가지 지혜를 너에게 알려줄 것이다. 첫 번째는 여행은 해가 뜨면 시작하고 해가 지기 전에 머무를 숙소를 정해야 한다. 두 번째는 강에 도착했을 때 혹시라도 강물이 불어나 있으면 강물이 줄어들 때까지 건

너면 안 된다. 세 번째는 집에 도착하면 아내에게 밖에서 있었던 일은 숨기는 것 없이 모두 말해야 한다. 이 세 가지를 지키면 넌 지혜로운 사람이 될 것이다."

막내는 솔로몬 왕의 말을 가슴에 새기며 아침이 밝아오자 고향으로 돌아가기 위해 길을 나섰다.

그리고 가는 도중에 전날 내린 비로 불어난 강물을 만나자 솔로몬 왕이 가르쳐준 대로 물이 빠지기를 기다렸다가 다시 길을 떠났다.

강을 건너 길을 재촉하던 막내는 불어난 강물을 무리해서 건너던 상인들의 시체와 당나귀를 발견했다. 당나귀의 등에는 상인들의 금화와 물건들이 실려 있었다.

그것을 가지고 다시 고향으로 돌아가던 막내는 산속을 걷던 중 얼어 죽은 두 형을 발견하게 되었다.

두 형은 많은 금화를 가지고 빨리 돌아가고 싶은 마음에 밤이 오는데도 쉴 곳을 찾지 않고 산을 오르다가 갑자기 내린 비를 맞아 동사한 것이었다.

막내는 두 형을 정중히 장사한 후 두 형이 가지고 있던 금화 두 자루도 가지고 집으로 돌아왔다.

그런 뒤 솔로몬 왕의 세 번째 가르침대로 아내에게 모든 것을 이야기했다.

아내는 그런 그의 말을 믿었지만 두 형의 아내는 막내가 형들의 금화를 탐내어 살인한 것으로 생각하고 솔로몬 왕에게 달려갔다.

두 아내의 말을 들은 솔로몬 왕은 막내가 자신의 가르침을 잘 따른 것을 알고 막내에게는 죄가 없음을 판결했다.

솔로몬의 심판(The Judgement of Solomon, 1617년)
피터 폴 루벤스(Peter Paul Rubens, 플랑드르, 1577년~1640년)

- 승자의 혀에는 솔직함이 가득하고
  패자의 혀에는 핑계가 가득하다.

- 승자의 하루는 25시간이고
  패자의 하루는 23시간이다.

- 승자는 실패해도 의미를 찾지만
  패자는 오직 일등이었을 때만 의미를 찾는다.

- 승자는 행동으로 말을 증명한다.
  패자는 말로 행동을 변명한다.

- 승자의 주머니에는 꿈이 들어 있고
  패자의 주머니에는 욕심이 들어 있다.

- 술이 머리에 들어가면
  머리에 있던 비밀이 밀려 밖으로 새어나간다

- 승자는 '다시 한 번 해보자'라고 말하지만
  패자는 '해봐야 별 수 없다'고 말한다.

- 자기 스스로를 아는 것이 인간의 최대 지혜이다.
  적재적소에서 말하는 것보다
  두 배나 더 가치가 있는 것은
  적재적소에 침묵하는 것이다.

- 인간에게는 이용 가치가 있는 여섯 가지가 있다.
  그중 세 가지는 스스로 컨트롤할 수 없지만
  다른 세 가지는 의지로 움직일 수 있다.
  눈, 귀, 코는 의지로 컨트롤할 수 없지만
  입, 손, 발은 스스로 제어할 수 있다.

와인 항아리와 퓨터컵이 있는 테이블의 폴스타프*

(Falstaff at the table with a wine jug and pewter cup, 1910년)

에두아르트 폰 그뤼츠너(Eduard von Grützner, 독일, 1848년 ~1925년)

---

* 셰익스피어의 작품에 등장하는 허풍선이 주정뱅이